霧と青鷺

岩野伸子歌集

Iwano Nobuko

青磁社

＊目　次

岩野伸子歌集

霧と青鷺

あるがまま

気付かずに過ぎてしまひし命日の翌日にして常と変はらず

折をりに母の手紙を読み返すさしあたりけふは昭和五十年四月

すでにして老いたる猫なり福助の居座る椅子はわたしのですけど

どうもこの猫は頭がわるいなどと言はれをりしが老後健やか

庭に出たとたんにさつと降りてくる鳩だけが友、といふにあらねど

夢にみし娘の笑顔がうかびたり小さな橋の少し手前で

この夕べどこからともなくあらはるる人にまじりてバッハ聴くなり

無伴奏チェロ組曲を聴きながらいつしかわれは空想しをり

夢想することの一つに白亜紀の空をとびかふアンハングエラ

カラスとは目を合はせるな　鳴き声の遠離りつつカフカは孤独

水たまりの中に映りし夕つ陽の朱の色少し崩れてゐたり

またたかぬ鰯のまなこを見てをれば紫式部の食ひし鰯（むらさき）

世の中を憂しと詠ひしいにしへの女人はこの世を深く生きけり

夜となれば音のしづかに降る雨を雨戸をへだて聞くとしもなく

あけがたの夢よりさめし耳にきく電車の音は鉄橋わたる

霧の歌

霧まとふからだは道べにかがみたり草にふれつつ霧をたしかむ

〈冬霧や少年の聴くモーツァルト〉、その少年と昭和の曲きく

死んでゐるきみはわれには生きてをり朝霧の中に長き橋うく

はるかなる〈時〉から戻つてきたやうなアオサギ一羽　川霧の中

ゆく霧の道に風ふきタンポポは揺れをり霧にぬれしタンポポ

霧の中むかうの道は見えぬまま道の分かれ目に立つてゐるなり

朝霧の中に一本立つたままメタセコイアはけぶらひてをり

朝霧の中より抜けきし身は霧の湿りもちゐむ家につきつつ

祖母の深淵

嫉妬するわれとわが顔そのままにはなひらきゐる夕顔による

バカの振りしてゐることも必要かとゴマダラカミキリに話しかけをり

ぐにやぐにやと朝から萎れてゐる花はわたしのやうなりももいろ朝顔

ただ咲いて萎れるだけをくりかへすあさがほのはなの大輪ももいろ

きみとゐる時間をうしなひこの世なり鶏頭の花の真つ赤な連なり

てのひらにのせたるトカゲを撫でてをりひとさし指でそのあたま撫づ

祖母の忌をわすれてゐたり裏庭に白粉の花ひらきゐるなり

愚痴怨みひとしづくさへもらさずに生涯終へし祖母の深淵

祖父の手で縫ひし袋に入れられし餞別の五万円金種いろいろ

アカハラダカの渡り

二十六年間の平均羽数２４３１１羽なり烏帽子岳渡るアカハラダカの

観察地でレンズ構へる一群のニンゲンをかし　露草がさく

それぞれが単独行動しながらもたまたま群るるアカハラダカたち

上空をゆく数十のタカの中一瞬光る一羽の腹が

死に場所はどこともしれず渡りゆく鳥なり烏帽子岳の上空

満潮といふ時間あり鳥もまた時間のなかを移動するなり

羽ばたかず流されながらゆく鳥の翼は雲のなかに入りたり

豆粒のやうな鳥たち見上げをり太陽光を怖がりながら

この世とふわけのわからぬ空間をアカハラダカは渡りゆきたり

空中でアカハラダカを襲ひたる鳥ありわれら言葉を発す

単独で空わたりゆく幼鳥のアカハラダカはまつすぐにゆく

鳥が空をわたりし太古のまひるまの陽光をおもふ　イヌビワを食ふ

いつくるかわからぬ鳥を待ちながら空を見上ぐるときは口あく

秋雲を置き去りにして鳥は去りわれはイヌビワひとつふたつ食ふ

チョキなしのジャンケンに勝ちもらひたりアカハラダカの置物ひとつ

遠くはなれて

号泣をしてゐたりけり金盞花矢車草が地のうへに咲く

四月はや過ぎ去りながらまだ若きカラスムギ一本朝風の中

翼竜の声が脳(なづき)に残るまま恐竜展をでて地上を歩く

うまれたてのアメンボはもうアメンボの形してをり　居場所はあるか

手をふりて手を振り手をふり遠ざかるあなたにわたしも手を振るのです

骨片のやうな白さにひらきつつかすかにゆらぐ一つ夕顔

流星を見上げるわれの喉元に触れてゆきしは風だつたのか

老い猫の首輪はづしてやりしよりにはかに生気を取り戻したり

魚道なる水辺に咲きゐるシナノハギすがれし茎に小（ち）さき花つけ

橋下を流るる水は水を追ひ水に追はれて死者戻るなし

雪がふる前の冷気のただよへる川辺　飾り羽はいるのかと問はる

小麦粉のやうな雪ふりイワツバメどんどん増えて空を飛びかふ

水底にとどく光にたちあがるごとき藻があり木の橋わたる

人誰も通らぬときの木の橋のうへに空あり空に人ゐず

節分に大豆まく声太かりき祖父の命日また巡りくる

戦病死したる息子の墓石に祖父は彫りけりそのうつしゑを

「生も誠死も亦誠なり」といふ言葉を遺しし叔父二十七（にじふなな）歳

人間なんか何で生まれてきたのかと絞り出すごと言ひにき祖父は

敗戦後墓石として存在せし叔父をおもへり墓じまひの世に

いしぶみに〈世界の平和を祈る〉とあり祖父が神社の境内に建てし

きみのマフラー

行つたことないとこ探検しようといふ声して女の子の自転車過ぎる

思ひ出すこと稀なれど虫食ひのきみのマフラー巻きて出掛ける

木の橋をわたりあなたと帰りをり川辺に白の水仙がさく

十二月二十二日けふ冬至、内宮の鳥居から日が昇るとぞ

庭の木に吊るししバードケーキなり一向に鳥は来ずけふもたそがれ

ＵＦＯのやうなキャベツがキッチンに一つごろりと転がつてゐる

回覧板持ち来し牧師に全能の神のこと訊く玄関先で

幸せを説きゐるわれに声低く疲れないかと息子が言へり

心中の怒りを発散せざるまま幸せだなあと先づは言ひたり

ひとり暮ししてゐた頃の東京で、さういへば虹を見たことはない

我もまた独りとおもひゐるときにバックしますとトラックの声

蟬取りの網を手にしておとうとなり写真の前にももいろ朝顔

たからものの玉虫の〈死〉は折り紙でつくりし小箱に入れられてあり

あはあはと三時になりて三時草の花みるために立ち上がりたり

メジロが好き、色も名前もすきといふ小三女児はよくメジロ描く

頂点にハヤブサを置く生態系ピラミッドなり子供らと作る

頂点の鳥に森あり森の木を育てる土あり日と月のもと

午後一時きのふのカワセミあらはれてけふまた水辺の石の右隅

のびしろが無くなつた人とわれをいふ息子と冬の橋を渡りぬ

朝顔の種をとりだしその種を日にあててをり霜月十日

ばくぜんと出家を思ひしことがあり孤独遺伝子しらざる昔

思ひ立てば即行動の母なりき母の一生、遺伝子の一生

樹木葬の予約をしたる葬苑より時折とどく演奏会の案内

まひるまに渡りし橋はかたちなくかかりてゐたり橋に月みる

オオタカを待つ

靴ひもがほどけてゐるよといふ君のためらふやうなその低き声

影もまた命あるごと飛ぶものか蝶去りしのち見ることはなし

池の端の小暗きあたり危険なる色のオシドリ見え隠れする

枯れた木の上で魚を食ふミサゴ突如何かを吐き出だしたり

背後よりわが肩たたきたるひとが差しいだしけり椎の実ひとつ

その影とともに白蝶去りしより北より飛び来るオオタカを待つ

冬　霧

橋に立ち霧の中なる川をみる　おぼろに白き鳥影一つ

霧の中に入つてゆかうと歩いても霧はわれより遠ざかるばかり

どこからかジョウビタキの声きこえくる　たちこむる霧のなかに鳴きをり

霧の中に眠りてゐしか我もまた　霧の空よりジョウビタキ鳴く

十字架はおぼろに天に泛きてをり聖句をわれはふらふらと読む

ただ坂があるのみにして誰ひとり通らぬままに霧に閉ざさる

坂の上の霧の中よりあらはれしヒトのかたちはたちまちに消ゆ

濃い霧におほはれてゐるこの道はどこまで行つても壁無き世界

子を産みしこの地でわが生(よ)を終はる日を待つにあらねど死までの時間

夕顔はゆふべよりまだ咲いてをり朝霧のなかを帰りきて見る

母郷

すでにもう虫の音はなく母がわれを産みたる日にちが近づいてくる

線路わきにひるがほ咲けり母胎よりいでて母胎にかへる事なし

胎内にわれをはぐくみゐし母の思ひを知らぬままに晩年

母が産みしはわが体なりわが産みしからだもつ子とアヴェ・マリア聴く

死ぬ体もちゐる母が死を前にわが手つつみき　ただ包まれし

たましひは火のごとくして火の中で焼けて火のごとく魂魄はある

われとわが非難の声のつのる夜を隣室にひらきゐしか　ゆふがほ

暗い道をすぎたるところ黒々と川あり流れぬやうに流るる

「母より」と末尾に書かれし手紙なり一通よみて一夜をねむる

人居らぬ朝のひかりの墓地にきて墓前の土に手をつきしこと

間違つてゐたかもしれぬ選択の、山茶花ははなびらこぼしてばかり

さざんくわの白き花さく垣根すぎ脳はからだをはこびゆくなり

母はもう体で空気を吸へなくなり忌日はめぐる北の窓より

ふるさとの母の法事に帰省して形見の杖をつくひとにあふ

この町で育ちきしなり一棟の古きマンションの入口に立つ

竣工日を記されし定礎をしかと見つ昭和五十一年十月とある

先祖への感謝を文に書きのこし定礎(ていそ)箱に入れしと言ひにき　母は

母書きし文を読むことなきままに定礎の中に四十二年

母がゐない町はもぬけのからつぽで私にはもうふるさとはない

かなしさうな顔した写真。　おかあさん、椿の種子(たね)よ　ふたつぶを置く

死んでゐる母も生きてきた母も母としてわれに一続きなり

幾日すぎ朝の光の道ゆきて目にさざんくわの白をとどめつ

ああ母の墓石に雪はふりゐむか　降つたり止んだり立春の雪

基礎調査票

消しゴムは丸くなりたりわたくしの消しゴムとして在り経し月日に

屑鉄入れの鉄の箱銹びその横に揺れてゐるなり草の一本

蠅が来て請求書の上に止まりたり二、三秒がほどわれに凝視さる

最低賃金に関する基礎調査表を書き終へたるがすぐには出さぬ

一本の鉄骨があり鉄の中もまた鉄にしてひんやりとせる

溶接のワイヤーたのむ受話器おきそれより雪が激し　窓辺に

括られし鉄五十本工場より運ばれゆきぬ　この空の下

やはらかくうどんを煮をり風邪引きし体の中に入れるうどんを

去年の人に

実存の茂吉が帽子をかむりをり　蔵王の山をおほふ青空

お母さんとわたしを呼ぶ子が二人とも生きてゐる事思ふ朝なり

うす暗き店内に入りゆふがほの種をたのみぬ去年の人に

去年のやうにゆふぐれは来てゆふがほの苗を植ゑゐるわたくしが居る

子宮もつ十歳の子をかなしみて共に蒔きたり人参の種子

氾濫危険水位

水位更に上昇するとぞ雨音に消されつつ聞こゆ避難勧告

オオヨシキリ全滅だらうこの川の流れは氾濫危険水位を越ゆる

避難せよ！直ちに避難せよと言ふ　般若心経の掛軸おろす

排水機場に張り付く夫は徹夜にてほんとにすまんと言ひ残したり

市役所に夫出掛けたり排水機場操作実績簿を記入せしのち

河口があるゆゑ

ひとひらの羽根拾ひたりアオサギのこの羽根どこの部位のものならむ

カワラヒワは飛ぶ姿がいい飛びながら山の方へと移りゆきたり

くすの木の下辺に若き鳥がをり　ハクセキレイのこどもだよあれは

向かうむきに木に止まりたるままのモズ　小鳥の首をちよんぎる嘴

われの乗る電車に沿ひて川があり川は河口があるゆゑ流る

小切手の額

現時点での景気の底が当たり前となり「根性」といふ語を辞典でひきぬ

四ヶ月待ちたるのちにわれの目で確認したり約手入金を

決算の事務の終はりに納めたる租税としての金銭の多寡

青き山窓辺に迫る事務室に二円合はねば合はさむとする

よそ事を考へつつ切る小切手の額は確かか確かでありぬ

海を見るため海まで出掛けたり海みたるのち海に背を向く

憤然と花さく辛夷もあるだらう植ゑられし地でけふの日を受け

余命迫る友のハガキに書かれたる内田百閒戯れ歌一首

五平太舟

江戸時代五平太舟が行き来せしこの川の上を日輪わたる

かたき背をなでれば同時に触角がかすかに動けりシロスジカミキリ

セッカ鳴く声かすかなりヒッヒッヒッ　セッカの重さは一円玉三つ

英彦山（ひこさん）川の岸に竿持つ男をれば近付き何を釣るのかと聞く

野薔薇

ルピナスの根元の土に吸はれゆけりわたしの手より離れたる水

くすのきより一枚の葉をもらひたりくすの香りが体にはひる

丸薬をひとつぶ飲みぬありふれた惑星の一つだらう、地球。

風に触れ光にふれつつ自らの冷たさに触れくしやみをしたり

拷問をうける人をり拷問をする者がをり野薔薇咲く日も

十一歳は

眠りより覚めたる母が言ひにけり葬式はもう終はつたのかと

螢追ひ畔かけゆきし十一歳はこの頃『平家物語』よむ

蛍とぶ川のべの道すれちがふ顔なき人に水の香のする

個々の名をもたぬ蛍らうち光りうちひかりつつ森に行くなり

蛍狩る人ら帰りし欄干に少女は川を深ぶかと見る

きしきしと少女は螢にふれし手を蛇口より出る水に洗ひぬ

庭にさく白き十字花　化粧水をつくりしひとのうつくしき指

鳴かぬまま腹部かすかに動きをりニイニイゼミは網戸にとまる

河童忌

死後といふ時間の中を鳴く蟬は一直線にわが額を打つ

河童忌は河野裕子の誕生日　小暗き風呂にわれも沈まむ

死はそこに泛びゐるもの　あかときの庭の昏みに一つ鳴く蟬

あかときの暗き中よりあらはるるあをむらさきのあさがほの花

好物の鰻を二切れ供へたり土用二の丑写真の母に

形見なるフランス人形朝の日の差しくる部屋に少し傾く

その死後も誕生日はまた巡りきて七月二十四日夕蟬のこゑ

こんなにも眠いわたしは縄跳びの縄が地を打つ音なつかしむ

夏果ての夕暗む中ゆふがほの花さく鉢にまだ日の温み

初螢光りて川辺の闇深く身のうちになほ亡き人のこゑ

をさな子の木綿の着物のやうな花　高三郎が墻に咲きたり

畦道にタカサブロウの花がさく此の世の日和の中を歩めり

球形の目で

上空を移動中なるノスリ見ゆ流れる〈時〉を行き来しながら

きのふ見しハイタカ一群今頃はきのふに続く空を飛びゐむ

山里にチゴハヤブサは放されて森へ向かひぬ球形の目で

オオノスリが来るかもしれぬ空の下　千年前の川が流れる

瓶の中に茎は見えつつ一束のふらんす小菊は家にきて三日目

何の為にこの引出しをあけたのか分からぬままに引出ししめる

石ころを蹴りつつ行けり蹴られゐる石ころの音意識しながら

来世にはオランウータンになる私生まれなほしておいでと言はれ

薄情のわたくし

どうなるのか日本経済はと言ひし客の帰りしあとの缶コーヒーの缶

薄情のわたくしゆゑに思ひ当る数々のあり猫に対して

かぎろひの春さり来ればこの夕べ一番風呂に身を沈めたり

どの枝も日の香のありて白梅のつぼみはほどけはじむる気配

白梅を詠みし先生のその歌を詠ひしときの気持ちをおもふ

遠くゆく鳥の翼に雨がふる　別れ方にも心の在りやう

翳の中に光がありて光の中にまた翳はあり雪晴れし朝

身体を持ちにし祖母のすでになき体を思ひわれは触れたし

見てやつて下さいと言はれその人の前に立ちたりそこに在る「死」の

春彼岸近づく日頃わづかづつ強まる光を押しつつ歩く

昔語り

木の上に来たるキジバト鳴きはじむ昔語りをするやうな声

土つきの里芋わけてくれたりき通りすがりに物言ひかはし

外にいでて帰らぬままの猫の名を呼びゐるうちに叫びゐるなり

母の名と同じ名をもつ人が言ひぬ　ああほつとしたあなたと話して

一室にともに眠るといふ夜あり五十年余の友遠くより来る

それとなく歩調を合はせつつ行けり巻雲うすく浮く空の下

簡潔な文をのこしてきみは逝き文は即ち君となりたり

きみはもう世界にゐないが、 この夏の初めにきて鳴く一つ朝蟬

巻き戻す世界にきみはしんとをり蟬がないてゐるよと言ふぽつねんと

カラスビシャク

庭の木々ばさばさ伐りしのちにして蟬声少なく日々ながれゆく

夏はよる。おぼろなる貌寄せあひてかこむ線香花火の火の玉

お礼にとあなたがくれし玉虫は死に続けつつ光りつづけたり

黙禱ののちにやうやくしづまりし心と言はむ小暗き湯に入る

命日をすぎて二日目、一匹のミヤマアカネが庭草に居る

どのやうな少女でありしか少女期の母と縄跳びなどしてみたし

鉛筆でカラスビシャクの花を描き「こんな花よ」と正代さん言ふ

炎天の下なる川に沿ひゆけり恐竜展のチケット持つて

満月を過ぎてあはあは欠けてゆく月を見るため朝空仰ぐ

そのひとに伝へぬままのあたたかき言葉にみづから責められてゐる

建物滅失証明書

工場と事務所を解体したるのち建物滅失証明書出す

わが家の二階の窓より見てゐたり更地としたる五百八十坪

売却をするため更地とせし土地に咲きゐし胡瓜草写真にのこる

ソフトクリーム

きみの身と一緒に燃えてしまひけり手紙のなかにひらきし夕顔

ただ単に一緒にソフトクリームを食べたいだけですこの世を抜けて

空をゆくダイサギの骨透けゐたり弟であつたかもしれぬ鳥

色付いてきたねと少女は告げにくる裏庭になるレモンの木の実

購読の「図書」の表紙を再度見てまた読みかへす表紙解説

猫の名を

ああ夜につはぶきが咲き真昼なりさびしさはもう如何しやうもない

ぽつぽつと雨ふる中を三歳児はつはぶきの葉を傘にして歩く

羊水の中にゐる子は若いとぞ妖怪ウォッチをはめた子がいふ

完全にゐなくなりたる母のこゑは夕蟬の低くしはがれた声

野良猫に餌を与へず飼猫の福助にやる人工の餌

猫の名を日にいくたびか呼びゐるがさほどの愛はわれにはあらず

茂吉の脳

ひとひらのさくらのやうな歯もあらむ柩の中に人運ばるる

鼻つ柱を折るため結婚したといふ夫と四十回目の結婚記念日

刻まれてゐるのは母の誕生日　形見の指輪をわが指にさす

はらはらとはるの雪ふる娑婆にして茂吉の脳は保存されゐる

しんとして春の日は差し十字架をもつ屋根の上に十字架の影

あと十分たてば正午といふ時刻　正午といふ語の歯切れよろしも

殺すとふ

サルスベリの実にくる二羽のカワラヒワ枝移りつつくちばし動く

カワラヒワが啄む実なり百日紅の実を指にとりほぐしてみるなり

昆虫図鑑のページの上に置かれゐて確認されゐるオオホシカメムシ

殺すとふことも或いは日常にて心を殺し過ぎし日はあり

阿呆のやうな

夜の雲の切れ間に空は黒くして湿りをおびる風が吹きくる

逝つてしまへば音沙汰のなき日々が過ぎ阿呆のやうな晴天である

ぼたん咲く香りの中に入りゆけば入りゆくほどに香りは消ゆる

合言葉を確認し合ふ電話なりされど今夜（こよひ）は笑ひ過ぎて言へず

空白といふは白いろの空のやうだ臓器もつ身を足は運びつつ

ほの白い葉つぱの一片、上弦の月はさ庭に散りくるごとし

ぽつんぽつんと螢のともる川の辺の闇を行き交ふふたいろの声

筆勢にあらはれてゐる子の気性をひさびさに見る掛軸を前に

無一物

入院の手続きするとあちらへ行きこちらに戻り書類に字を入る

早朝の時間外入口を通りきてエレベーター待つときの静けさ

病室の窓の外には雨がふり雨の中へと帰つてゆくのか

やる事はみなやりましたと電話口のかかりつけ医師のしづかな口調

ありがたうごめんねといふ言の葉のはらはらとして午前三時よ

肺炎の翳のやうなる雲が泛くまひるの空のしたに無一物

物怖ぢをしてゐるわれに上弦の月もものおぢしてゐるやうな

庭先で人を待ちつつカタバミの葉つぱでみがく金属貨幣

合歓の花さいてゐるのを見るときに母はいまでも母のまま居る

動物病院

解凍のネズミを餌(ゑ)として飼はれゐるハイタカの籠は布で覆はれ

死ぬ日までを区切となして片羽根のハヤブサが寝る籠のなか臭ふ

片羽根のハヤブサが寝る籠の上にかける覆ひの布は漆黒

感情を声にあらはし籠の中のテンが発するいがらっぽい声

もう空を飛ぶなき羽根なりアオサギの初列風切羽根の青鈍（あをにび）

子規の眼力

子規描きしカワラナデシコ、此(こ)はやはり石竹ならむ八月十二日朝

落ちてゐる菩提樹の葉の裏がはに実は成りゐたりもらつて帰らう

足利八代遺愛富士形手水鉢にはりゐる氷に手の平をおく

むらさきの花片が反りゐる一輪の桔梗を描きし子規の眼力

ああ立冬か

いつ知らず落ち着く心か事務執るは経文を書き写すにも似て

自分はもう死んでゐるのだとみづからに言ひ聞かせをりああ立冬か

捨て鉢でゆく夕ぐれの山の辺をおほひつつあり霧動きつつ

三つ同時に事すすめむとする人よと言はれ急ぎて鍋のへに戻る

教会の屋根にふる雨十字架に降りつつ午後を止むとしもなし

あの時が最後であつたか最後とはたつた一度の生死の境

戻ることなきまますすみゆく道に水たまりあり日輪が泛く

冬にさく花が好きです道ゆけば月いろをした一輪にあふ

同意書

年金基金解散につき同意書にサインをしたるのちに印捺(いん)す

同意書の作成要領つくりたる人もさまざまに苦しみしならむ

事務方の人らと会ひし事はなく今後も然り　同意書送る

万作がもう咲いてゐると知らされてわれもまた人に同じ事いふ

水仙がところどころに咲きはじめ庭に出るたび数がふえゆく

生き続けをる

頸椎の疾病告げられうつむきて庭にことしの胡瓜草さがす

なにゆゑかこの身を抜けて世に出でし子の身体が桜とならぶ

おとうとはいつまでたつても弟なり「姉ちやんありがたう」など言ひ

一度だけ生まれたるよりひつこみがつかなくなりて生き続けをる

立ち止まり観音像に手を合はすきみよりひと足先に行くなり

連休は何の予定もなかつたが救急車には二度乗りました

うつむきて歩くわが影あるかなし救急センターの床に靴はき

十四歳

底ごもる音して春雷過ぎしのち雨の夜となり雨は降るまま

つきよみのみこが祀られゐるところ鳥野神社にサンコウチョウ来る

おめでたう十四歳の誕生日　ピアノが飛び出すカードに書きぬ

そら豆の花を挿したり十四歳になりたる少女の誕生日けふ

ふる雨の降るとしもなくふる午後を金にかかはる記憶をたどる

「そんなこと超越したわ」といふ友がフクロウの鳴く声を真似する

直方の感田の畦道去年見し高三郎はまだあらはれず

蝙蝠を

空つぽの部屋とはなりぬ体温のそのまま残りゐるやうな部屋

今はもう橋のたもとで蝙蝠を待つことをせず水無月は暮る

家のご飯が一番おいしい　作りたる吾が言ひつつよく食ひにけり

逢へるかもしれないなあと言ひゐしに逝かしめたりき　八月に入る

窓のむかうに夜明けのやうな空があり昔の時間をキジバトが鳴く

ナポレオンフィッシュ

ゆふぐれにあらはれ虹は音もなしいつまでも消えぬ虹に困りて

かかりたる虹を見るなく盆踊りの輪の中をゆく人の片頬

ひっぱたく訳にもいかぬ頬がわが目の前にあり　白百合の花

玉すだれとつゆ草の花を瓶に挿し河野裕子をおもふひとときき

脳震盪で死にたるままに標本となるナポレオンフィッシュ　その唇も

呼吸管をもつタイコウチの尻尾なりとんがつてゐるが折れたら即死

川をゆく蛇と川べをゆく吾は互ひの思ひ伝へあふなし

ニンゲンの顔もつ吾とネコの顔もちゐる福助　ともに顔老ゆ

アムラルト病院

傷ついてゐるのだらうか夕顔のひらききるなきいちりんはあり

咲き終へしゆふがほ一つプランターの土にありけり子規の忌の朝

情報として語られるひとの死を物食ひながら我ら聞きゐる

アムラルト病院において戦病死せし子のことを語らざりし祖母

一念といふ言葉あり母よりの手紙のなかの母の一念

母よりの手紙はすなはち母なれど母に会ひたし実際の母に

庭に来し二羽のニワトリ抱つこされ帰りたるなり隣家の庭に

一本の楠を

金庫室のとびらのやうな扉(と)のうちに８５０年前の神像在(いま)す

手をきよめ素手にて神像移ししは学芸員なり神殿の扉(と)をあけ

九州らしい特徴といふ一本の楠を材とし彫りし神像

色おちて虫もはひりし神像のお顔はやさしい月のやうなり

神像を彫りたる人はそのかみに母を呼ぶときどのやうな声

体ごと眠る

グチグチと詮なきことをいふ我が凭れる柱に傷の跡あり

毎日が感謝の日ですといふ人の電話を切りて楽しくもなし

この夜の電車の過ぎゆく音ののち眠りに入りぬ体ごと眠る

女房のせんていを間違つてゐたと夫がいひシロハラが来てると言ふ

神神しいばかりだつたと友が言ふハイイロチュウヒの塒入りのこと

年金記録照会

電話ののち回答として早速に年金記録照会とどく

情報が必要なれば問合はす年金基金解散の時期

アンケート用紙に記入し送信す基金解散後の選択肢につき

電話のみのつきあひを経て誠実なる声もつ人と思ひいたりぬ

ウソ

さくらいろが滲みでてゐるつぼみあり桜の蕾の中なる一つ

外界にさくらは咲いてゐるらしい　花を噴き出す力は怒りか

流星をさがしゐるとき深海のやうな空より風が吹きくる

背はまるくなつてはゐるが気はまるくなつてゐないと夫に言はる

今年またさくらの新芽を食べるためウソの飛びくる頃とはなりぬ

穏やかな晩年などなしうらみごと言はず感謝をして母死にき

ニワトリ語で声をかければ一羽一羽やつてくるなりコッコと鳴きつつ

分泌されざるナミダ

あいまいに過ぎゆく日々に梅なりて梅にせかされ梅酒を作る

稲の花今年は見たし軽トラに女が早苗を満載して走る

なんとなく感じる心がその人のつく嘘一つキャッチしにけり

道のへに在りし合歓の木伐られたり花もつ枝を二三本もらふ

紫陽花を壺にポンポン挿しいれてすべては過去となりゆく次第

葬式を終へし三日後四日後も分泌されざるナミダなりける

泣くひとを離れて見をりそのわれを見てゐる人がゐたかもしれぬ

憎しみを圧縮袋に押し込めてをれば圧縮したままの憎悪

やはらかい袋となつて聞きくれる友なり長く会ふことはなし

死顔（しにがほ）など見られたくなし身めぐりの物はおほかたゴミとなるもの

魔除け

悪縁即良縁かも知れぬさしあたり陳列棚のアンパンを取る

あれこれと真似をしながら暮しつつあほくさくなる身を飾ること

大王杉の松ぼつくりに嘴と羽根をつけたり魔除けにしよう

祖母の忌を過ぎて幾日かまだ生きてゐるよとつくつく法師が鳴けり

坊様のやうになにやらいふ人とシャッター通りで別れ来にけり

水鉢に生き残るまま黒いろの金魚はわたしに全身見らる

なにをいふ気もしなくなり昼近したましひはあるのか地球外生命体に

ロースハムのこと

見舞ひに来てほがらかにゐる娘なり少ししづかな息子なりけり

どんな具合でゐるかと問はずロースハムのことを聞くなり夫は電話に

抑留され病みたる叔父の死のベッド想像しがたし　アムラルト病院

うしろむきに座りてゐるは亡母（はは）だらうか列車のなかに乗りあはす夢

病室にお白湯よくのみ夜となれば海のやうなる窓外をみる

外にも内にも

木下まで来て見上げたり楝の木の枝にのこる実しろじろとして

万葉集巻五に昔はさみたる楝の花がくちば色なり

子の声を追ひてわたしのこゑを出し豆を外にも内にもまきぬ

金柑の木に金柑の実の熟しめんどくさいと思(も)ひつつも捥ぐ

気晴らしになるもならぬも大鍋に金柑の実をやはらかく煮る

きれいごと

冥王星にあるとふ青空おもひをり冬のれんげが畦道に咲き

きれいごと言ふ人苦手さはあれど我の折々言ふきれいごと

節分は祖父の命日、祖父書きし〈人生百年〉の扇子をかざる

畦道のなづなの花を摘みてをり昔は摘みしことなき薺（なづな）

早春の川にたちゐるダイサギの身ひとつの白動くともせず

恩返しするまで死ねぬといふ友と小さな食堂でご飯を食べる

嘆きつつをれど遂には欠伸でて筑前琵琶をききに出かける

新聞の切り抜きたがひにもちよりて交換をせり橋のたもとで

年取つてしまつた事を知らぬ猫小さくなりて息子の顔みる

福ちやんも長くはないと言へば子は目の前でいふなと猫を撫でをり

油田の王

柏餅とちまきを食べたと君はいふ鳥の鳴き声真似したるのち

イカル鳴く青葉の中にゆふぐれがひかりとともにちかづいてくる

夕近き林の中にしばし居り生まれ合はせたイカルと私

色紙なる〈カハラナデシコ〉かざりたり今年もめぐる八月十二日

もう少しアラブの油田の王のごとあれと息子にいはるる夜なり

好きな色もたぬわたしの本棚に色褪せてをり『日本の色』

短編をよみし日遠し訃報欄の〈津島佑子〉を切り抜いてゐる

馬骨

どこからか笛の音ほそくながれくる朝の机上に〈自己欺瞞〉引く

わが舌はわがものなれど意に添はず勝手にひとを恨むなどいふ

秋空を猫がながめてゐますとふメールとどきぬ　秋の雨ふる

しあはせな老後だねえと言はれゐるわが猫この頃窓外を見ず

発見されし馬の全身馬骨にて奈良期の井戸の祭祀に関はる

十六歳くらいのオスの馬骨なり生きたまま井戸に投げ込まれたか

１２０〜１３０センチの馬骨なり井戸の底よりあらはれたるは

馬骨部位名称図あり眼窩とふ記されし部位に在りたるまなこ

特別天然記念物

直方の鴨生田（かもおだ）池に飛び来たり日本に百羽もゐない特別天然記念物

鴨生田池にたたずむ二羽のコウノトリ金属足環と色足環つけて

万葉集と會津八一が好きだつたすみ姉ちやんの手紙も捨てけり

白秋のゆりかごの上に枇杷がゆれねんねんころりと寝かす子が欲し

一度目にわが喜びし〈獺祭〉をけふまた届けくれし血縁

ぐだぶつがぐだぶつあんに居た頃につくりし俳句を忌日けふ読む

五時を打つ寺の鐘の音かたちなく受話器の穴よりわが耳に入る

何回もいふ

少しづつ存在は消えてゆくならむ夜も呼吸をしながら眠る

ゆふぐれの川風さむく吹く中をさくら見にきてしかたなく見る

ふるさとの温泉などに入りたし二月も過ぎて雲雀が啼く頃

教会の庭のヒイラギナンテンにゼカリヤ書一〇章一節の春の雨ふる

柳澤桂子の作品「永煩い」、マザー・テレサの書にはさみけり

一本の寒緋桜を見に来たり心に決めしことを持つ身は

線香をあげることなくただきみを憶ふのみにてまた春彼岸

この世ではお会ひすること少なかりし河野裕子にもう一度と、今

おやすみを何回もいふ、さよならを言ふのは一度　山法師の花

空を見てしあはせだなあと言つてゐる間にバスがわが前に着く

ナンジャモンジャ

じつとしてゐられなくなり満開のナンジャモンジャの花たづね来つ

滅多切りに切る事はなく湯の中でカボチャを煮をりカボチャ煮えをり

これと言つた悪さをしないゴキブリを毒殺したるのちに安堵す

老齢のキジバト庭を立つときにお礼のやうに羽根一つのこす

ひとところ霧に稜線かすむ午後どこへか飛びゆく黒い鳥二羽

古墳

この道を修羅(しゆら)車にて巨石を運びたる古墳時代の男らの影

入口のスイッチボックスのＯＮ押せばすなはち点る玄室の電気

羨道(せんだう)を屈みつつゆき入りたる玄室の中ひんやりとして

落葉ふみ入りし横穴式石室　石に手を置けば石の冷たさ

人力のみで運びし大き石積みし玄室の天井、群がるカマドウマ

海からの風やや強し古墳群めぐる道べに曼珠沙華さく

鉄製の縫針つくりし古代人、そを使ひたる指(おゆび)の動き

ラミーチョコレート

ひとの死後過ぎゆく時間に追ひつかず西空にみる細い夕月

電線のキジバトすぐに裏庭に降りてくるなり夫を認めて

アサギマダラが今年も来たといふ友の庭にことしのフジバカマの花

嫉妬疲れした夜の卓に食べむとしラミーチョコレートの箱をあけをり

英彦山

ほつぺたに「・」があるのがスズメです「・」を受け継ぎ雀は雀

メルアドに「クマタカ」使ふ鳥友のかきたる鳥の記事を切り抜く

無人店で買ひし英彦山(ひこさん)がらがらは振れば鳴るなりうつつの音に

八百年前の土鈴の音をきくむかしの耳をしらない耳が

玄関に置きし英彦山がらがらの鳴る音きこゆ「ただいま」の音

オンガー

遠きビルに朝日がしろく光りをりこの束の間も死は身近かなり

首にまくマフラー今年は去年より似合ふ気がせり弟のマフラー

このままで死んでいいのかなあといふ鳥合はせのあと君はぽつりと

老い猫が食後にオンガーオンガーと鳴けば応へてオンガーと言ふ

昨夜食ひしブタ肉はわれの身となりて動きゐるなりニンゲンの肉体

工場跡地

どこに行くあてもなければど歩きをり手提げに春の光を入れて

転勤のあいさつに来し郵便夫も郵便配りをらむ新地で

満開の桜の木々をつぎつぎに見て帰りたり頭痛がするなり

散り積もるさくらはなびら手にすくひ詰め続けをりビニール袋に

どこに行つても桜は咲いてゐたるなり部屋の中にもさく桜みる

売却せし工場跡地　新設の支援センターに送迎バス来る

悦子さんに

友情をたもちて六十年近しふるさとの友の誕生日けふ

タルトなら六時屋がいいその昔祖父いひたるを土産に買ひぬ

ひらがなで言ふ

ヒメジョオンひと茎折りてその茎の中をたしかむ此(こ)はヒメジョオン

もうなにもなくてこの世にヒメジョオンさくばかりなり夏はすぐ来る

ケチだからことばに出来ず好きといふことばはこころの中にあります

そんなこと誰でもあるよとヒメジョオンの花束ひとつつくれば治る

入道雲山から湧き出でくらくらと夏の真中に〈死〉は突つ立てり

あなたを呼びあなたに呼ばるるこの世なりこの世のことはうんと寂しい

太陽と月がうきゐるゆふそらはみづうみの色　この世から見る

ありがたうもうあふことのないひとにひらがなで言ふありがたうをいふ

解説

永田和宏

『霧と青鷺』は岩野伸子さんの第二歌集である。その第一歌集は『鉄とゆふがほ』であり、二〇一〇年に出版された。序文を河野裕子が書いているが、その日付は四月八日となっている。河野はその年の八月に亡くなっており、おそらく河野が最後に書いた歌集の序文ではなかっただろうか。病状が最終局面にさしかかる頃のことであり、河野にとっても思い入れの深い歌集であったに違いない。その第二歌集に今度は私が一文を草することになり、感慨深いものがある。

『鉄とゆふがほ』という歌集名は、不思議な取り合わせだが、これは岩野さんがご主人と一緒に、鉄工所の経営に携わっていたことに由来する。鉄は生活の一部であったわけである。

第一歌集では、そのような鉄工所の現場、そしてその裏方として帳簿の整理などに追われる日々がつづられていた。女性の歌集としては、珍しい労働の現場がそこにはあったが、そんなリアルな歌に寄り添うように、「鉄とゆふがほ」の〈ゆふがほ〉に寄せる、優しい抒情が強い印象を残す歌集でもあった。

溶接のワイヤーたのむ受話器おきそれより雪が激し　窓辺に
青き山窓辺に迫る事務室に二円合はねば合はさむとする

本歌集でも、そのような職の現場の歌が快いアクセントを作っているが、歌集を読みすすむと、

売却をするため更地とせし土地に咲きゐし胡瓜草写真にのこる

と、その鉄工所が閉鎖されるという場面に出くわして驚くことになる。生活としては大きな変化だろうが、それによって岩野さんの抒情が大きく変化したということはないようだ。もともと自然のやさしい翳りのような部分に繊細な感受性をもっていた作者であり、労働の現場とのアンバランスの妙とでもいった対比構造は薄れたようだが、自然のやわらかな細部をおもしろがり、それに添いつつ詠うといった作歌に変化は見られない。この一首も深刻な状況のはずだが、その状況が「胡瓜草」で受けられるところが、いかにも岩野さんだという気がする。

いっぽうで、本歌集には母を失ったことによる痛切な喪失感と、しかし、その喪失を繰り返し詠うことによる、リアルな母の存在感がくっきりとした印象を見せる。

死ぬ体もちゐる母が死を前にわが手つつみき　ただ包まれし

人居らぬ朝のひかりの墓地にきて墓前の土に手をつきしこと
死んでゐる母も生きてきた母も母としてわれに一続きなり

まだまだ挙げることができるが、高齢で亡くなった母である。作者のなかには、長寿をまっとうして逝った母といった思いはまったくなく、切ないまでの母恋いであり、母を思うとき、紛れもなく娘であることの実感が作者を覆い尽くしてしまうようでもある。このあたりの気分は、息子が親父を思うときの相対化とはまったく違った一体感であり、私などにはとても興味深いものがある。

私は、一冊の歌集の魅力は、その著者のさまざまの側面が歌のなかから見えてくることだと思っているが、そんな意味でこの歌集にほのぼのとしたやわらかい光を投げているのは、夫を詠んだ歌であるのかもしれない。

鼻つ柱を折るため結婚したといふ夫と四十回目の結婚記念日
女房のせんていを間違つてゐたと夫がいひシロハラが来てると言ふ
背はまるくなつてはゐるが気はまるくなつてゐないと夫に言はる

どれもにやりとできる歌であろう。この旦那なかなかやるなという雰囲気である。妻のほうも、そんな夫の一言一言に反応しつつも、夫の軽口を楽しんでいる風でもある。結婚四十年を経てきた余裕がなさしめる受け止めなのだろう。いいなあ、と思い、羨ましくも思う。こんな余裕が歌にあらわれるようになるまでの時間というものをも感じさせる歌群なのである。

最後に、少し個人的なことを述べさせていただきたい。岩野さんの歌集に河野裕子が序文を書いたことは先に述べたが、岩野さんは生前の河野が親しくつきあっていた歌友でもあった。飾るところのない、ストレートな性格がお互いに合っていたのだろうと思う。序文でも、岩野さんが直情型であり、人との付き合いでも「制御装置がかない」突っ走り方を見せている歌を取り上げて、「怖ろしいほどわたし自身なのだ」とまで言っている。あまり似すぎている性格と歌風に、「参ったなあと思う」と感想を漏らしているのがおかしい。

岩野さんの今回の歌集には、その河野を詠った歌がいくつもあって、私にはうれしく、ありがたいことであった。

その死後も誕生日はまた巡りきて七月二十四日夕蟬のこゑ

畦道にタカサブロウの花がさく此の世の日和の中を歩めり
白梅を詠みし先生のその歌を詠ひしときの気持ちをおもふ
色紙なる〈カハラナデシコ〉かざりたり今年もめぐる八月十二日

七月二十四日の誕生日、八月十二日の命日、そんな河野裕子に関わる日を毎年しっかり記憶とともに思い出してくれる友人がいるということは、私にはうれしいことである。それら特別な日の記憶のほかに、誕生日の河童忌には、タカサブロウの花を思い出してくれることも、故人との歌を介した繫がりとしてありがたいことである。河野裕子に「あなたには何から話さうタカサブラウ月が出るにはまだ少しある」(『葦舟』)なるタカサブロウの歌があることを思ってくれているのである。同じ思いは私にもあって「もういちど高三郎を教えてよありふれた見分けのつかない高三郎を」という歌を作ったこともあった。

三首目の「白梅の歌」は、「白梅に光さし添ひすぎゆきし歳月の中にも咲ける白梅」という、平成二十二年の歌会始に河野裕子が詠んだ歌を指しているだろう。これが最後と覚悟をしつつ、歌会始に出席した河野の心情を思いやっている歌である。

最後の「色紙なる〈カハラナデシコ〉」も、河野の歌を知らない読者にはなんのことかわからない一首であるかもしれない。河野に『カハラナデシコ』と子規直筆にあるなれどこれは石竹、赤紫の花」(『葦舟』)があり、生前の河野は、子規でもこんなまちがいをするのかとおもしろがっていて、その色紙はわが家の廊下にも飾ってある。岩野さんもきっと河野とその話で盛り上がったに違いない。

こんな、歌を介した故人との繫がりが歌になるというのも、歌でつながった友人同士の幸いというものであるのかもしれない。一種の本歌取りとも言えようが、本歌取りの本質は、本歌への敬意であり、その作者への尊敬の念以外のものではない。歌を大切に、そして先人としての本歌の作者への敬意を払うという、歌の本質がここにも生きていることを知って、私はうれしくもなるのである。岩野さんに感謝しつつ、河野と同じように「この歌集と読者とのよき出会いをこころから願う」と言っておこう。

あとがき

雲の中から日が差してきた午後、散歩にでかけた。風は少し冷たい。家の近くにあるメタセコイアの樹に近づくとその葉が少し黄色くなってきている。そこを過ぎると遠賀川水系の近津川があり、川を見てみると以前よくいたアオサギの姿はきょうも見えない。あのアオサギはどうしたのだろうか。その近津川の向うには一級河川遠賀川が流れ、河川敷のススキも風になびいている。

この遠賀川は私が結婚して直方市に来てから毎日見る川である。思えば時間が流れるのと同じようにこの川も流れつづけ、あるときは清らかな水流でありまた或る日は濁流であり、この川の流れを身近に感じながらもう五十年にもなろうとしている。

母が亡くなってから十三年が過ぎた。母はよく手紙を書く人だった。はじめてもらった手紙は私が東京の学生寮に入っていたときである。昭和四十年四月十五日の日付があり、便せんはずいぶん変色している。部屋に母の写真をかざっている。朝、窓をあけると光が母の顔にさす。

「遠賀川水辺館」にめだかの学校がある。その中のすずめ教室に参加している。月一回小学生と一緒に鳥を見ながら遠賀川の川辺を散策する。また時には巣箱の色付けをしたり、鳥の絵をかいたり工作をしたりする。私はいつまでたっても鳥の名前や鳴き声をおぼえられず、そのおかげといってはおかしいが、毎回はじめて見るような新鮮な驚きと感動をもって鳥に会う。みんなで鳥合わせをしたあと、遠賀川にかかる沈下橋をわたって帰る。これからはこの川辺に白い水仙の咲く季節がくる。

短歌を作り始めて四十年になり、福岡市赤煉瓦文化館で歌会をはじめてから十七年が経つ。歌会ではいい刺激をうけて作歌の励みになっている。その年月の中、二〇一〇年に第一歌集『鉄とゆふがほ』を出版し、序文を河野裕子先生より賜った。その中で「この歌集と読者とのよき出会いをこころから願うものである。」と書いてくださり、そのお言葉通りの出会いにめぐまれ、これもひとえに河野裕子先生のおかげだと心から感謝している。今回の第二歌集については、夫の後押しの言葉があり、思い切って出版することにした。二〇一〇年から二〇一八年までの作品をまとめて一冊とした。タイトルは迷った末『霧と青鷺』に落ち着いた。

この度、この第二歌集『霧と青鷺』の出版にあたり、永田和宏先生に解説文をいただきました。先生の御多忙を思えばとてもお願いしにくいことでありましたが、お引き受け下さり大変有り難く、深くお礼を申し上げる次第でございます。

また、日頃より塔短歌会の吉川宏志主宰をはじめとして選者の先生方、多くの方々にお世話になり心よりお礼申し上げます。

青磁社の永田淳氏には選歌から編集まで目を通していただき、安心してお世話になりましたことを厚くお礼申し上げます。以前、夫の撮った写真を画家の森島朋子氏に描いていただきました。この絵を歌集の表紙にした装幀を加藤恒彦氏にお願いいたしました。ここに記してお礼の言葉といたします。

二〇一八年十一月二十九日

岩野　伸子

著者略歴

岩野 伸子（いわの のぶこ）

1946 年　愛媛県松山市生まれ
1978 年　群炎短歌会入会
1993 年　群炎創刊 40 周年記念群炎賞受賞
〃　塔短歌会入会
1994 年　第 1 回群炎年間賞受賞
1996 年　塔創刊 500 号記念作品賞次席
2010 年　第一歌集『鉄とゆふがほ』刊行
日本歌人クラブ九州ブロック奨励歌集賞受賞
第 8 回筑紫歌壇賞候補

日本歌人クラブ会員
現代歌人集会会員
福岡県歌人会会員

塔21世紀叢書第350篇

歌集　霧と青鷺

初版発行日　二〇一九年七月七日
著　者　岩野伸子
福岡県直方市感田三四五一－一（〒八二二－〇〇〇一）
定　価　二五〇〇円
発行者　永田　淳
発行所　青磁社
京都市北区上賀茂豊田町四〇－一（〒六〇三－八〇四五）
電話　〇七五－七〇五－二八三八
振替　〇〇九四〇－二－一二四二二四
http://www3.osk.3web.ne.jp/~seijisya/
装　画　森島朋子
装　幀　加藤恒彦
印刷・製本　創栄図書印刷

ISBN978-4-86198-427-3 C0092 ¥2500E